어머시방 1집(2021)

시 읽는 사람들이 시 쓰는 사람들이 되기까지

어머시방 1집(2021)

기타리스트의 세탁기

전윤호
백경미
여정순
이강희
최정란
나 래

달아실

일러두기

1. 본문에서 하단의 〉는 '단락 공백 기호'로 다음 쪽에서 한 연이 새로 시작한다는 표시이다.
2. 보조 용언과 합성 명사의 띄어쓰기 등 본문의 맞춤법은 시인의 의도에 따른 것임.

시작하는 말

거의 생전 처음 접해보는 시의 세계는 놀라웠다. 학창 시절 국어 교과서에서나 얕게 접해보았던 '시'라는 장르는 전윤호라는 내 일생 전대미문의 까칠하고 독특한 시인과의 만남을 통해 그동안의 선입견을 벗고 고압의 전율로 다가왔다. 시를 그럴싸한 말장난으로 치부하며 시집을 머리맡에 둔 적 없는 지난날들이 몹시 부끄러웠다. 모든 시들은 시인의 삶과 세계관과 우리가 딛고 있는 살아 있는 역사 속에서 태어났다. 시라는 것이 한 시인의 고통 속에서 생생한 상상의 언어로 재조립되어 시를 읽는 사람들에게 진하게 공감되는 은밀한 소통이라는 깨달음을 전윤호 시인을 통해 발견한 순간, 나는 이끌리듯이 <어머시방>의 회원이 되어 있었다. 매주 한 번 모여 서로의 끄적끄적을 서로 읽고 이야기를 나누고 다듬는 수많은 과정을 겪었다. 그렇게 아직은 설익은 동호회원의 글들을 모아 이번에 책을 내게 되었다. 아직은 모두 시를 쓴다고 말할 수는 없겠다. 상상하는 법을 배우고 그 상상을 문장으로 엮어 공감 소통하기 위해 시의 언어를 배운다. 부끄럽고 자신 없지만 일단 저질러본다. 모든 시작은 저질러보는 것이므로.

모든 공을 스승님께 바친다.

2021년 12월

시 창작 모임 어머시방 회장 이강희

차례

기타리스트의 세탁기

시작하는 말 5

전윤호

십일월 12

가을비 13

낡은 다리 14

토착왜구 – 조진을평전 16

풍물시장 18

여우에게 – 여우고개 19

빨래터 - 여우고개 20

백경미

옥수수 범패 22

고추잠자리 24

돌콩 25

여뀌 26

수국을 읽다 27

개쑥부쟁이 28

귀 열리던 날 30

여정순

기차놀이 32
간잽이 33
용문사 34
느티나무 새 35
만장 36
사막 37
포장마차 38

이강희

알록달록 42
사월 43
신데렐라 44
오월의 약속 46
한잔할래? 48
쇼핑 중독 49
연필 이야기 50

최정란

연산홍 52
묵정밭 53
내 속엔 54
절창 56
양생의 노래 57
어린 마녀 58
그녀의 그녀에게 60

나래

류마티스에 관하여 62
꽃구경 64
무지개다리 건너는 날 65
신작로 66
눈꺼풀만 살아 있는 67
내 사랑은 68
기타리스트의 세탁기 69

어머시방의 詩

전윤호
백경미
여정순
이강희
최정란
나 래

전윤호

어머시방 방주

***

전업 시인. 『현대문학』으로 등단하여 10권의 시집을 상재함.

십일월

내가 아는 사람은 모두 떠났다
아무도 모르는 거리에서
허공을 과적한 트럭처럼 휘청거려도
밥집들은 제 시간에 문을 닫고
건널 수 있는 다리가 없다
눈물로 모인 호수는 망자들의 집
놀라게 할 가치도 없는 사내 하나쯤
제방에 앉아 노래하면 어떠리
음정도 안 맞는 돌팔매로
제 얼굴을 맞추면 또 어떠리
내가 아는 사람들은 모두 떠나고
맨 끝자리에 혼자 앉은 조문객으로
이 가을이 또 저무는 것을

가을비

우리가 이 생에 다시 만나지 못한다 해도
어딘가에는 비가 오고 강물이 흐르니
살아 있는 것들은
홀렁홀렁 떠내려가
늙은 술집 다리에 걸리지 않겠나
안개가 산 아래 내려와
너 없는 문 두드리면
넘어진 거울만 남은 방에는
어둠이 무릎장단으로 아라리 한 수 뽑네
우리가 이 생에 다시 만나지 못한다 해도
뿌리 없는 것들 모여드는 바다가 결국은 있어
단풍 지고 눈 내릴 때
나이만 먹은 설움으로
돛대도 없이
가라앉은 나룻배 되어 기다리고 있지 않겠나

낡은 다리

겨울은 추위도 없이
강 한 번 얼리지 못하고 지나가더니
봄엔 역병이 만발하고
여름엔 비만 내렸다

기다란 장마에 지루한 달력이
자꾸 나를 취소하는
제 속에 스스로 격리된 날들
돌아보니 샛길로만 다녔으니
돌아갈 고향은 없다

새 다리 아래 낡아가는 콧구멍다리
소양댐이 수문을 열자 잠기더니
난간도 바닥도 뜯겨져 나갔다
출입금지 푯말이 서고 철거를 기다린다
이제 예쁜 우산 든 연인들은 오지 않는다

인적이 끊어져도 가을은 오고
붉게 물든 나뭇잎들 날려

창가에 투둑 떨어질 테니
흰 눈이 머리 덮는 겨울
방울 울리며 떠나갈 당신이 짠하다

토착 왜구
— 조진을평전

왜구가 극성인데
방어가 어려운 조정은
섬과 해안선의 백성들을 피신시켰다

공백이 된 곳곳에
기생충처럼 은밀히
해적들이 모여 살았다

빼앗은 식량과
납치한 노예를 부리면서
친일파를 만들고
독재자를 떠받들었다

그들의 유일한 근심은
백성이 사나워지는 것
제대로 토벌대가 오는 것

반도는 평화롭고

세상은 안전하니
지금처럼만 살자 한다

뭐든 잘 용서하고
어제도 금세 잊어버리는
약탈자들의 나라를 위해

풍물시장

친구 없는 동네
혼자 마실 때
기차 지나간다
흔들리는 술잔
불행은 막차일 뿐이다
청춘이란 핑계로
빠른 속도로 달리는 객실에
그녀도 타고 있을까
춘천 풍물시장 역으로
안개 밀려오고
남은 자들 일어나야 할 시간
슬픔이 호객꾼처럼
어깨 툭툭 친다
아직 불 켜진 집이 남아 있다고

여우에게

— 여우고개

더 이상 울지 않더군
여우고개 떠나
시내로 들어갔더군
조명 흔들리는 술집에는
사내들이 꼬이겠지
쉽게 간을 주는 게 아니었어
기다려도 넌 오지 않고
잠이 마른 난 사막이 되었지
하늘 보지 못하는 관목들이
말라비틀어진
여우고개는 이제 사라졌지
보름달 뜨면 창문 열고
대신 울어보지만
아무도 듣지 않네
나를 홀릴 여우가 없는 이 별은
더 이상 아름답지 않더군

빨래터
— 여우고개

여우고개에 샘이 있어
동네 아낙들의 빨래터였다
겨울 견디는 따뜻함이
마르지 않고 흘러
지친 사내들 품어주고
부벼주고 씻겨주었다
때로는 방망이질로 훈계하고
처진 어깨 풀먹여 세우던
그녀들이 여우였을까
아무리 다 큰 척 으스대도
남자는 여자가 키운다
부자들 무덤 파헤쳐
돈 되는 구슬을 훔쳐오던 여우는
누구의 아내였을까
단추 떨어진 소매 같은 하루
문득 여우가 보고 싶다

백경미

어머시방 제자 하나

***

날렵한 여우였음 좋겠는데
통통한 팬더 쪽으로 더 가까워지는 중.
어쩌다 어머시방 방문 열렸길래 빼꼼 고개 디밀었지.
그놈의 시가 뭔지
비틀어 짜다가 혹시 사향고양이 되면
참 좋겠다는 영악한 꿈쟁이.

옥수수 범패

아직 바닥을 보여줄 시간이 아니야
겨우 버스럭거리는 빈 옥수숫대
말라버린 줄기에 떨어져 다닥 붙은 햇살 한 조각이 따뜻했을까
늦둥이 막내랑 돌봐드려야 할 부모님 생각에
양품점에 걸린 풀빛 스웨터
만지작거리기만 하다가 그냥 돌아섰다며 짧게 웃었지
날이 서늘해서 자꾸 기침이 난다며
도라지 끓인 물 담아와 마실 때도 하얗게 웃더라
빈 옥수수 잎사귀 들추며 드나드는 바람소리 들어봤니

멈추지 않던 너의 기침이 순하게 멈추어버린 그날은
하필 노을이 그렇게 유난스럽게 붉었을까 몰라
아직 바닥을 보여줄 시간이 아닌데
잡은 손 툭 놓아버리네
새벽에 무서리 내리고
꽃몽오리 올망한 산국이 하얗게 세어버린
멈춰 선 풍경에서
다음 생을 위해 올려드리는 재齋

범패 소리가 들려

* 범패: 절에서 재(齋, 명복을 비는 불공)를 지낼 때 사용하는 음악.

고추잠자리

홍시가 켜진 감나무
감 따던 바구니는 나무 아래 있는데
무얼 보았을까
새빨개진 잠자리

귀농한 남편 따라
울진 바닷가에 이사 온 새댁
새파란 하늘, 감 따는 소리에 반했다더니
감 따던 새신랑 손짓해 어디로 갔나
댓돌 위로 급히 벗어던진 신발 두 켤레 엉킨 대낮

전모 위에 두른 너울처럼
살짝 엿보이는 날개 뒤로
빨갛게 꼬리 붙은 잠자리가 난다

* 전모: 기생들이 쓰는 삿갓 모양의 모자.

돌콩

두 발짝쯤 뒤처지면
영락없이 손잡아 곁에 두던 당신 땜에
반딧불이처럼 날던 내 마음이
꼭 저랬을 거야
눈에 보일 듯 말 듯 쬐끄만 보랏빛

돌콩 돌콩 돌콩
어쩌면
심장 뛰는 소리

* 돌콩: 1년생 초본의 덩굴식물로 종자로 번식한다.

여뀌

심장이 툭 떨어진다.
사랑하는 사람이 생겼다고 울먹이던 당신 목소리가
붉은 빛깔로 훅 달려들어 깊이 찌른 게 틀림없다
오늘이 고비야 내일이면 괜찮다며 물레질하듯 쓰다듬어주던
외할머니 검붉은 손톱 같은 꽃
누가 지었을까
광목천에 꽃 자수 같은 이름

수국을 읽다

무슨 생각을 저렇게 꼬깃꼬깃 접어 두었을까
차마 못한 말
점자책 더듬듯 읽는다
침 발라 꾹꾹 눌러 쓴 청보랏빛 편지
크리스마스를 함께 보냈으면 좋겠어
이번에도 안 된다면 다신 연락하지 않을께
시간 저 편이 후두둑 펼쳐진다
저렇게 한꺼번에 피어날 줄 몰랐어
시간이 많은 줄 알았지
땡삐 한 마리 날아올라
마음 한 켠 따끔하다

개쑥부쟁이

선물처럼 개쑥부쟁이 피었다
황소 울음소리 들려오고
은사시나무 잎사귀 팔랑거리던 오항리 가는 길
주름진 손에 들려 있던 개쑥부쟁이
할머니의 연애를 엿본 것 같아
괜히 부끄러워 못 본 척 들깻잎만 비벼댔지

그날만은 발그레 예뻐 보이던 할머니도
석상에 올릴 젯밥 메고 앞서 걷던 순경 삼촌도
기억 저편 풍경으로 오항리에 남고
오늘은 자전거 탄 사람들이 힘차게 달려 지나는 길

풀어보니 내일은 없수
눈부신 건 오늘이네
석상에 꽃 먼저 올리던 할머니의 혼잣말이 서걱거리는 오후

선물처럼 불쑥 마주친 개쑥부쟁이
꺾으려다 그만둔다

살아 있으니 맘껏 흔들려야지

귀 열리던 날

옆 사람 웃음소리도 살갗에 박히는 날
마음 훌훌 벗어 옷걸이에 건다
양구 방산 산골 마을엔
물소리가 꼬리 흔들며 따라오는 작은 샛길 있어
아무 생각도 걸치지 않고 나서기 맞춤하다
키 큰 미루나무 옆에서
빠르게 지나던 물소리 뭉툭해졌다
소리도 닳는가 궁금해 내려다보니
바닥 밟으며 달리다
웅덩이에 빠졌네
목마다 달라지는 물소리라니
알몸이 된 마음 뽀드득 씻긴다
비단처럼 어둠이 내려
감미롭게 감기는 시간
벼 포기 아래서 움찔 개구리 소리 돋더니
추문처럼 삽시간에 사방으로 번진다

눈 감으니 귀가 열렸네

여정순

어머시방 제자 둘

***

시골에서
농사를 짓고
시를 짓는
농부입니다.
시도 농사도 다 만만치 않더이다.
가을걷이하듯 하나둘 시걷이를 해야겠습니다.

기차놀이

예쁜 여자로 변하는
여우가 되고 싶었지
탐스런 엉덩이를 흔들면
사내들이 침을 질질 흘리며
따라오겠지
공동묘지로 꼬여서 간이고 쓸개고
다 빼먹어버릴 거다
보름달 뜨니 식욕이
이놈저놈 살아나네
꾸러미에 꿰어 기차놀이를 시켜야지
지칠 때까지
나는 달빛 아래
입가에 묻은 피를 닦았지

간잽이

찜질방에 가서
맨들맨들한 소금 위에 눕인다
문득 이런 생각이 들더군
내게 어느 간잽이가 소금을 쳤나
살아온 날들 잘 버틴 걸 보니

당신과의 사이엔
소금을 덜 쳤나 보다
이불 속에 꼬리꼬리한
냄새가 나는 걸 보니

그나마
지금껏 지탱해온 건
간잽이 덕분이다

용문사

큰 어른 뵈러 양평에 갔다
사람들은 대웅전에 있는 부처는
안중에도 없고
천 년을 넘게 살아오신 큰 어른만
보고 간다
뒤에서 앞에서 사진 찍느라
야단법석이다
대웅전 부처는 흘낏 훔쳐보기만 한다

느티나무 새

바람 세찬 늦가을 잎새들이

일제히 날아가네

홀로 날지 못하는 새들이 있다네

원하지 않아도 등 떠밀려 날아가는 새

그날 밤 꿈속에 보았네

잎새들이 새가 되어 서쪽 하늘로 날아가는 걸

만장

주인 잃은 복숭아 밭
지난해 열매 씌웠던 노란 봉지
만장처럼 흔들리네
하룻밤 새 세상을 등진 사람
먼 길 떠난 주인은 오지 않고
꽃잎만 그를 배웅하듯
흩어지네

사막

네가 떠나고
어느 날부턴가 내 몸에선
모래 울음소리가 들리기 시작했다
귀를 막고 후벼파도
사라지지 않는 소리
너는 낙타를 타고 오아시스를 찾아
사막으로 떠났지
모래 울음소리는 네가 보내는 신호일까
나도 모를 사이
마음속 깊은 곳에 사막 하나
키우고 있었나 보다

포장마차

우리는 동부에서 출발했다
연탄불 위에 꼼장어가 익어가고
카바이드 불빛 까무룩 졸고 있는데
두 필의 말이 전 재산을 끌고 간다
두 병째 딴 소주
서부엔 금덩이가 널렸다네
양은솥엔 홍합이 수북한데
우리는 파산했다
그녀 빈자리엔 퉁퉁 불은 우동이
식어가고
다시 돌아오지 않을 것이다
넥타이를 푼 사내 시커먼 담배를 핀다
인디언에게 쫓겨도
우리는 계속 달릴 것이다
내일은 잘 포장된 세상으로
다리 절며 갈 것이다
황야를 달린다
여기서도 보안관은 우리를
지켜주지 않는다

믿을 것은 배를 묵직하게 누르는
콜트 권총 한 자루

이강희

어머시방 제자 셋

***

소주방주인, 옷가게주인, 웨딩컨설팅업, 건설회사사원, 잠깐 대리운전 등등
무수히 많은 직업을 거쳤으며, 연극, 노래를 취미활동으로 하며 이 풍진 한 세상
살아냄. 현재는 춘천 시민들과 함께 만든 지역의 대안언론을 자임하는
<춘천시민언론협동조합>에서 상임이사로 일하고 있음.

알록달록

눅눅한 지하방엔 한줄기 햇볕조차 들지 않았어
이웃집 사내의 늙은 라디오에서
비처럼 흘러내린 뽕짝
우리 집 낡은 벽으로
오도독 오도독 누룽지를 씹곤 했었지
임페리얼 분유는 금빛 왕관을 두르고 있어
새벽부터 늦은 밤까지
허리 한 번 못 폈어도
가질 수 없었네
빈 젖병을 물고 잠든 네 옆에서
냉동밥을 녹이던 그 밤
내일이면 쑥쑥 자랄 작은 발을 만지며
잠들었던 날들이
어느새 머리칼을 알록달록 물들이고
찬란하게 웃고 있네
알고 있니? 내 딸아
너의 전성기는 나의 황금기란다

사월

어떤 봄은 구부정하게
어떤 봄은 절뚝거리며
햇살 묻은 바람에 안겨
훌쩍 날아올랐지

목을 젖히면 보여
푸른 대지를 떠나는 구름
검버섯 핀 손으로
새잎 가득한 너를 만져보네

뚝 뚝 떨어지는 꽃잎들
바람에 쓸려
어느 골목 낯선 대문 앞에 멈췄네
그제야 피어나는 기억들

세상의 모든 봄이 링거를 꽂은 채
진달래색 슬리퍼 질질 끌며
떠나가고 있어

신데렐라

뎅 뎅 뎅
열두 번 종이 울리면
재로 가득한 아궁이에서 나와
비비디 바비디 부
유리구두 신은 아름다운 공주가 되지
멋진 왕자가 손 내미는 거울 속으로 들어가
푸른 포도주를 마시며 밤새 왈츠를 춘다네
내가 춤추는 동안
불기 없는 부엌 낡은 벽지 위로
봄바람 같은 꽃잎 환하게 날리고 있었지
오오 나는 신데렐라

툭 툭 툭
얇은 지붕으로 빗물 떨어지네
지끈거리는 이마 손으로 받치고
밥하러 일어난 새벽
식탁 옆엔 푸른 병 가득하고
낡은 꽃벽지엔 곰팡이가 그득하네
아무도 듣지 않는 노래 부르며 쌀을 씻네

취한 잠에서 깨어나니
오오 나는 재투성이 아가씨

오월의 약속

딱 삼 년만
삼 년만 살다 따라갈게

봄바람 불길래 새벽 시장에 갔지
단골 노파 좌판에서 땅두릅 한 모숨
옆 아줌마 좌판에선 돌나물 한 바구니 샀지
미나리, 머위, 오이, 얼갈이 지나
빨갛게 물오른 싱싱한 딸기도 샀어
푸릇한 발등 위 쏟아지는 햇빛
당신 없는 날이어서 마냥 좋았네

당신과 걷던 길은 자주 외로웠지
앞만 보고 걷는 무뚝뚝한 발자국 위
목련처럼 후두둑 떨어지고 싶었네
봄이 또 오고 맨발로 걸어도
당신 없는 길이 이젠 외롭지 않아

일 년 이 년 지나고
만 삼 년

당신 무덤 옆 안개꽃 무성한데
췌장 속 암덩이 풋사과만큼 자랐네
딱 삼 년만
삼 년만 더 기다려주면 안 될까

한잔할래?

혼자 마시는 건 재미없어
주방 귀퉁이에
여자 하나 숨겨두었지
한잔할래 부르면 언제든 달려와주네

오늘 대리는 공쳤어
날씨가 갑자기 추워졌거든
잠든 녀석들 머리맡
티비에선 아이돌이 춤추고 있어
잠들기 위해 마시는 건 아냐
거울 속 여자가 흔들거리며 웃네

태어나기도 전부터 난 죄인이었어
매일 밤 검은 벽에 쇠창살을 그리며 살았지
취한 여자는 점점 말이 없어졌네

투명한 해가 떠오르고
블라우스를 입은 여자
거울 속에서 비틀거리며 걸어나왔네
한잔할래?

쇼핑 중독

소파 위 리모컨이 날 깨워요. 새벽엔 역시 홈쇼핑이죠. 윤기 좔좔 밍크코트 입은 나는 절호의 기회라며 호들갑을 떨어요. 늘씬하게 수영복을 빼입고는 해변에서 모델처럼 걸어도 보고요. 요즘 나는 늘 새부리형 마스크를 쓰고 있어요. 선잠을 깬 냉장고는 뒤척이다 다시 코를 골아요. 채널을 몇 번이나 돌렸는데도 마음에 안 들어요?

주인 여자는 늘 혼자 깨어나요. 느릿느릿 뒷목을 주무르며 정수기로 다가가서 잠긴 목소리로 말을 걸어요, 물이 한 잔 필요해. 새로 들여온 최신 영국제 청소기를 들고 먼지 한 톨까지 잡아내죠. 그동안에도 나는 계속 18K목걸이를 걸치거나, 구찌백을 들었다가도, 곧 런닝머신 위를 지치지 않고 뛰어요.

아직 모두 안락한 시간이에요. 내가 혼자 목청껏 떠드는 소리를 들으며 이제 소파 아래 허리를 접고 끄덕끄덕 졸아요. 나는 점점 붕어처럼 뻐끔뻐끔거려요. 화면 아래 계좌번호가 보석처럼 반짝반짝거려요. 빨리 전화기를 들어요.

연필 이야기

연필을 깎는다 학교 가는 날 아침 연필을 깎는다 연필이 초승달 같은 눈썹을 툭툭 떨구며 자꾸 눕는다 슬픔은 민둥산에 떨어져 고목으로 자라다 덜 마른 몽당자루가 되어 늦은 밤 모범택시를 타고 벽난로 속으로 들어갔다 불기 없는 눈썹 사이로 비를 품은 바람이 지나고 붉은 주전자 속에선 매일 폭풍우가 태어났다 재미없는 소녀가 지친 발을 끌며 낡은 종이 위를 걸어간다 사각사각 소리를 내며 불길 속으로 들어간다 아무도 들여다보지 않는 불 꺼진 벽난로 속에서 아침마다 푸른 별이 태어나고 어린 소나무가 자라난다

최정란

어머시방 제자 넷

***

십수 년을 수필만 쓰다가 문화원에서 줌으로 가르치는 전윤호 선생님의 시 창작 강의를 듣던 첫날, 시에 반하여 제자가 되어 부끄러운 시를 쓰고 있는 아줌마.

2018년 제40회 소양강 문화제 한글 백일장 일반부 금상 수상.
2020년 김유정 기억하기 제27회 전국 문예 작품 공모 우수상 수상.
2020년 『수필문학』으로 등단.
춘천 수필문학회 회원.
강원 수필문학회 회원.
춘천 문인협회 회원.

연산홍

꽃이나 싣고 오지
봄바람 달고 와

불씨 번지듯
온 산에 터진 꽃

바람은
저만치 달아나고

스치는 바람에
흩어진 마음

두근대는 심장에
꽃물 들었네

묵정밭*

해마다
농부가 빗질하던
밭고랑

에메랄드그린**
용버들** 빼곡
심겼네

쑥대밭
되어버린 과림동
나무밭

하얗게 핀
냉이꽃
아지랑이 춤춘다

* 묵정밭 : 경작하지 않고 내버려둔(休耕) 밭. 일반적으로 쑥대밭이라 함.
** 에메랄드그린, 용버들 : 올 초 LH 직원들이 투기를 위해 광명과 시흥에 심었다는 나무.

내 속엔

빨간 꽃무늬 커튼이 있고
책상엔 읽지 않은 책들이 가득하다

너무 추워서 꽃무늬 이불로 창을 가렸다
시인의 말벗이라는 책이 펼쳐져 있고
분홍색 카펫에도 꽃무늬가 있다

벽에 걸린 딸의 어릴 적 사진엔
세상에서 제일 예쁜 여섯 살이
갈래머리 한 채 날마다 웃고 있다

오랫동안 입지 않은 외투 옆에
유럽 발칸반도 남단의 어딘가 있다는
그리스가 동그랗게 표시된 색 바랜
세계지도가 붙어 있다

오래된 나만큼이나 오래된 것들이
주렁주렁 걸려 있지만 아직 꽃이라고,
그래도 꽃이라고 사방이 꽃이다
〉

암벽 위 하늘에 떠 있다는 메테오라*
신들은 여전히 시에스타** 중인지
신들의 나라 그리스, 그리스엔 지금
어떤 꽃이 피어 있는지

이방엔 나만 있다

* 메테오라 : '공중에 떠 있는'이라는 뜻으로, 거대한 사암석이 지진과 풍화작용에 의해 깎여 여러 개의 탑이 서 있는 듯한 신비로운 지형을 띠고 있다.

** 시에스타: 지중해 연안 국가와 라틴아메리카 국가들에서 시행되는 전통적인 낮잠 풍습.

절창

달빛 숨어든 밤
오래 포개진 다리
칸나꽃 핀다

찬바람 타고 흐르는
구골나무 향기
날개 비벼
마지막 교접하는
베짱이

凞凞 樂樂 凞凞 樂樂
절창의 노래 부른다

양생*의 노래

갈 곳 없어 만복사에 들었더니
거기도 세상이라 사람이 그립구나
배꽃 비친 달빛
바람 일렁이는 봄밤!

부처에게 내기 걸어
저포**로 얻은 색시
동기상구*** 하여 사흘 낮밤
눈과 귀 심장에 걸어놓고
다시 만나러 가는 길

말굽 소리 흙먼지 자욱한데
제사상 마주 보니 이승과 저승일세
환생할 당신 기다리는 마음
당간지주의 깃발로 펄럭이네

* 양생: 김시습의 『금오신화』 중 「만복사저포기(萬福寺樗蒲記)」에 나오는 주인공.
** 저포: 나무 주사위.
*** 同氣相求(동기상구): 기풍(氣風)과 뜻을 같이하는 사람은 서로 동류를 찾아 모임.

어린 마녀

늙은 마녀가
결혼을 강요했어
어린 마녀를 함부로
대했지

무서운 마녀를 피한 줄
알았는데
결혼한 집에
더 무서운 마녀가 살고
있었네

돼지 같은 남편은
내장 붙은 복어 알탕
무서운 마녀는
농약 섞인 쌀밥
그득히 담아주고

우리에 돼지들은
동네를 돌며

잔밥을 끓여 먹였지

어느 날 아침 눈을 뜨니
사내와 마녀는
돼지가 되어 있고

돼지들은 모두
사람이 되어 있었네

무서운 마녀는
돼지로 만드는 게 최고야

이제 독 가루를
적당히 뿌릴 줄 아는
진짜 마녀가 되었다네

태초에
마녀를 만든 건
잘한 일이야

그녀의 그녀에게

웃는 그녀가 말한다
너도 나처럼 웃어보라고
웃다보면 웃어진다고
웃지 않는 그녀가 말한다
전쟁 중에는 웃지 않는 거라고
사는 건 늘 전쟁이라고
밤이 되면 웃는 그녀가
웃지 않는 그녀를 찾아온다
데이지꽃이 활짝 핀 화병을 사이에 두고
오래 마주 보다가 함께 웃었다
아침이 오면
웃는 그녀는 밖으로 나가고
웃지 않는 그녀는 웃음을 말아먹고
깊이 잠든다

나래

어머시방 제자 다섯

***

늘 시를 좋아했고 언젠가 써야겠다고 생각했지만, 쓸 엄두가 나지 않았다.
춘천에서 전윤호 시인을 만나면서 시를 쓰기 시작했고,
시를 쓰다보니 잃어버렸던 나를 찾아가고 있다.
시 쓰지 않을 때는 최선을 다해 놀거나,
남의 이야기를 잘 편집해 포장하는 일로 바쁜 나날을 보낸다.

류마티스에 관하여

내 안에 검은 강이 흐른답니다
의사가 그러더군요
새벽마다 손가락이 부러졌죠
간밤에 당신은 외딴 호텔에서
내 벗은 등 위에 다정한 글자를 새겼고
어둠 속에서 우린 오래된 연인 같았어요
아침이면 지워지는 이야기와
찌꺼기처럼 남은 통증은
검은 강이 흘러서 그랬을 뿐

부끄러움은 만성 질환
비극적 천재의 대사를 읊조리는
당신 연기는 사실 형편없어요
오늘은 누구의 속살 위에 시를 쓰는지
쉿, 비밀인데 이게 다 예술이 시켰죠
일부러 욕먹을 짓 골라 하면서
그러나 원할 때면 새하얀 종이가 되어주죠
어두운 비밀 나쁘게 흐를까 봐
새벽마다 새끼손가락 걸지만
〉

어디에서도 발표된 적 없는 시들은
기어이 손가락을 부러트려요
당당하지 못한 문장을 휴지로 닦아내는 아침
검은 강과 함께 흘러간 당신

꽃구경

꽃구경 가자는 당신을 냉큼 따라나섰다
흐드러지게 벚꽃이 피었다는 그 길로
구불구불 급커브를 돌 때마다
당신에게 쏟아지는 나를 붙들어 맨다
꽃은 지고 푸른 잎만 남았는데
내 속에 한가득 피어난 꽃잎이
입 밖으로 새어 나올까 봐
인어공주처럼 입을 다물었다
꽃이 없으면 어때
물거품처럼 사라져도 좋으니
그냥 이대로 풍덩 당신을 끌고
저 강물 속 깊이를 재고 싶었다

무지개다리 건너는 날

바람 빠지는 풍선처럼
너무 많았던 추억을 비워내고 있다
적막한 방 안으로 깜빡깜빡 사라지는 시간
칠천 일의 이야기 천천히 핥는다
저녁노을에 빛나는 눈동자
우리는 마주 보고 누워
코끝에 걸린 풍경 소리 듣는다
쫑긋거리는 귀 가늘게 떨리고
소원을 적은 연등 바람에 흔들리자
제 속을 비운 목어가 하늘을 난다
가벼워 슬픈 고양이 사뿐 뒤를 따르고
연못에서 투명한 연꽃 한 송이 피어난다
불타는 이 생의 배웅
다시 만나는 날 길을 잃지 않도록
늙은 고양이는 발자국을 남긴다

신작로

어둠이 노을을 삼키면
빈 도로에 나가요
둥근 삶이 굴러간
아스팔트 아직 따뜻하고
두려움과 설렘은 비슷한 모습이라
피할 수도 멈출 수도 없었어요

쏜살같이 달려드는 불빛은
오늘따라 깜깜하게 환했죠
날아오르다 이내 추락하는 나
분명히 날개가 있었던 것 같은데
길가엔 짝 없는 신발만 나뒹굴어요

보이는 것보다 가까이 있었던
당신이 점점 사라져요
식어가는 도로에 그려진 무늬
푸른빛 새벽을 덮고
눈 뜬 채 잠이 드는 나
도무지 건널 수 없는 오늘입니다

눈꺼풀만 살아 있는

그 여자는 눈만 끔뻑거렸고
방에 누워 온종일 벽지의 무늬를 쫓았지
가족들도 전신 마비라고 생각했어
끼니를 챙겨주거나 이리저리 몸의 자세를 바꿔주는
간병인이 있을 뿐 누구도 물어보지 않았지

그날도 홀로 누워 있는 여자에게 누군가 찾아왔어
흠뻑 젖은 남자는 우비를 벗고 여자와 눈을 마주쳤지
빗물에 젖은 손으로 살결을 쓰다듬자
어둠이 기지개 켜고 오소소 돋아나는 별빛
발가락이 움직이고 입술이 꿈틀거려

앞질러 가는 남자를 따라
껑충껑충 뛰어가는 사슴 한 마리
아무도 모를 걸
눈꺼풀만 살아 있는 줄 알았던 저 여자가
얼마나 높이 뛰어오르는지를

내 사랑은

라면 먹을래요? 당신이 말했다 허기진 바람 불어오고 담벼락 너머 경계를 늦춘 꽃망울이 환호하던 밤이었다 당신이 끓여준 라면 스프를 넣을 때마다 넣던 다진 마늘 그 알싸한 맛이 좋았다.

한 젓가락씩 뺏어 먹던 푹 끓인 봉지라면 같아 잘 익은 김치 같아 나는 쉽사리 끓어올랐고 빨갛게 흘러넘쳤다 당신은 때맞춰 나에게 찬물 반 컵을 끼얹는다 뜨겁거나 차갑거나 좋아 당신이 끓여준 황홀한 라면 비빔면을 치즈라면을 떡라면을 끓였고 끓어 넘치는 날들에 데이거나 식어 간다.

내가 냄비로 보여? 나에게 말했다 다시 담벼락 위로 꽃망울이 애써 고개 들던 날 허전한 바람 불고 버스가 떠나갔다 사랑이 변한다 숙취처럼 하얗게 질린 목련꽃 추락하고 나는 찬밥을 말며 당신을 껐다.

기타리스트의 세탁기

고양이가 이불에 또 오줌을 쌌어 세탁기를 가진 옆집 문을 두드렸죠 붉은 볼의 옆집 오빠는 친절하니까 빨래하는 동안 이거 볼래? 영상 안에는 스티브 바이라는 기타리스트가 크라잉 머신을 쳐요

옆집 오빠도 기타를 치죠 엄마 몰래 발목이 예쁘네 옆집 오빠 볼이 더 붉어지는데 기타리스트의 기다란 손가락은 간지럽고 빠르게 울고 싶은 기타는 와아아앙 짝 찾는 고양이 같아 와아아앙 세탁기가 이불을 빠는 동안 천장의 얼룩도 새하얗게 지워져요 마지막 물기를 짜내는 세탁기 거칠게 흔들리고 연주를 마친 향긋한 빨래는 무슨 맛인지 입에 넣지 않고는 알 수 없었어요 빙글빙글 돌아가는 자취방의 크라잉 머신 다른 연주도 듣고 싶어? 부풀어 오르는 느낌표를 도무지 밀어낼 수 없는!

■ 어머시방 회원 모집

시를 만나고
시를 배우고
시를 쓰고 싶은 회원을 모집합니다.

회원 가입 문의

이강희: 010-2679-3396
나　래: 010-4760-4277

어머시방 1집(2021)

기타리스트의 세탁기

1판 1쇄 발행	2021년 12월 10일
지은이	어머시방
발행인	윤미소
발행처	(주)달아실출판사
책임편집	박제영
디자인	전형근
마케팅	배상휘
법률자문	김용진
주소	강원도 춘천시 춘천로 257, 2층
전화	033-241-7661
팩스	033-241-7662
이메일	dalasilmoongo@naver.com
출판등록	2016년 12월 30일 제494호

ISBN : 979-11-91668-28-5 03810

* 이 시집은 2021년 춘천문화재단 후원으로 제작되었습니다.